LES
GIRONDINES

PAR

R. BRARD.

Mirmidons, race féconde,
Mirmidons,
Enfin nous commandons,
Jupiter livre le monde
Aux mirmidons, aux mirmidons.
J.-P. DE BÉRANGER.

BORDEAUX,

HENRY FAYE, IMPRIMEUR, RUE SAINTE-CATHERINE, 139.

L'an 1er de la deuxième République.
1848 (vieux style.)

A

mon excellent cousin

M. Auguste Malouin,

(du Mans);

HOMMAGE

d'amitié & d'affection.

R. B.

QUI VIVRA,....... LIRA.

Ce petit volume n'est que la préface d'un recueil anthologique destiné à reproduire toutes les phases de la seconde édition de la souveraineté populaire.

C'est donc une promesse que nous faisons au public : Nous la tiendrons avec son appui bienveillant.

Pour lui nous bâtirons, au grand soleil ou en face des orages, l'humble monument de notre muse. Il pourra être transporté par les bourrasques, déchiqueté par les ouragans; mais anéanti, — JAMAIS! — C'est que notre muse a pour compagne et pour sœur LA VÉRITÉ; — c'est que, quoi qu'il arrive, la planche, qui sert de fronton à cette double demeure poétique, est devenue incorruptible et inattaquable par la devise qui la décore :

RELIGION! PROPRIÉTÉ! FAMILLE!

R. B.

Bordeaux, **22 août 1848.**

LIVRE Ier.

JEUNES FOUS! VIEUX ABUS!

(CONSEILS D'UN VIEILLARD.)

Air : Vaudeville des Deux Edmond.

Peuple, je suis octogénaire,
Permets qu'au bout de ma carrière,
Je lève le rideau baissé
    Du temps passé.   *(Bis)*.
Par moi la vérité châtie
Tout flatteur à la voix impie,
Tout porteur de fausses vertus :
    Jeunes fous! vieux abus!

J'ai vu, dans ce quatre-vingt-treize,
Des égorgeurs réglant à l'aise
Le destin des meilleurs français :
    Honte aux excès!   *(Bis)*.
Je vois, dans notre ère nouvelle,
Des assassins en sentinelle
Criant : « Terreur! Guerre aux écus! »
    Jeunes fous! vieux abus!

J'ai vu les gens à double face,
A la tribune, sur la place,
Calmant, excitant tour à tour
    Le roi du jour :   *(Bis)*.
Je vois un Sinon dans la lice,
Poussant, entravant la police;
Traître au peuple, traître aux élus :
    Jeunes fous! vieux abus!

J'ai vu décapiter le riche,
Au nom d'une idole postiche
Qu'osait nommer l'impiété :
    ÉGALITÉ.   *(Bis)*.
Je vois l'ardent puritanisme
Viser tout droit au despotisme,
Sous des échafauds vermoulus :
    Jeunes fous! vieux abus!

J'ai vu de dangereux reptiles,
Apres aux discordes civiles,
Flétrir ce mot de vérité :
    FRATERNITÉ.   *(Bis)*.
Je vois des escrocs, des faussaires,
S'écrier : « Nous sommes tous frères! »
Disant tout bas : « Je vous exclus. »
    Jeunes fous! vieux abus!

J'ai vu mille tyrans stupides,
Ivres de leurs lois homicides,
Vanter, avec impunité,
    Leur LIBERTÉ.   *(Bis)*.
Je vois nouvelle tyrannie,
Oubli complet de la patrie;
Quelques sybarites de plus.
    Jeunes fous! vieux abus!

Peuple, est-ce là ta République?
Non, c'est un chaos anarchique,
Où des tribuns le nonchaloir
    Fait le pouvoir.   *(Bis)*.
De l'atelier reprends la route,
Si tu ne veux la banqueroute,
Le joug, la faim..... peut-être plus!
    Jeunes fous! vieux abus!

QUARANTE–CINQ CENTIMES, S'IL VOUS PLAIT.

Air : Ah ! daignez m'épargner le reste.

Messieurs, nos ressorts sont à bout :
Nous avons épuisé chimères,
Or, cuivre, argent, achevé tout :
Nous voilà devant vos misères.
Ne croyez point à des esprits pervers
Décrétant un choix de victimes,
Nous décrétons en termes clairs :
« *Neuf sous!* — Quarante-cinq centimes. »

Faites la part de nos besoins communs,
Vous comprendrez notre exigence ;
Régler des comptes importuns,
Vu notre emploi, c'était d'urgence.
Or, maintenant songeons à nous,
En vertu de droits légitimes ;
Cinq rois ne sont pas des grigous ;
Vite, quarante-cinq centimes !

Il faut aussi qu'aux travailleurs
Vous teniez nos folles promesses,
Les trous creusés par ces grugeurs
Seront comblés par vos espèces :
Ce sont vos dieux accidentels ;
Ecoutez leurs foudres sublimes
Traduits en impôts fraternels :
« Frères, quarante-cinq centimes ! »

N'oublions pas, tendres époux,
Que la France doit à nos femmes
Les intérêts de tous les sous
Dépensés pour des oriflammes:
Pour bouquets, parfums et rubans,
Corsets de tailles anonymes,
Faux cheveux, bijoux et turbans,
Encor quarante-cinq centimes!

Pour la garde enfin des neuf cents,
Pour les rosettes écarlates,
Pour nos amis qui sont dedans
N'ayant pu sauver les Sarmates,
Pour le pavillon de Breteuil,
Pour commissaires fourbissimes,
Pour l'humble bois de ton cerceuil,
France, quarante-cinq centimes!

LE PETIT HOMME BLANC.

Air : Toto, carabo.

Il est un petit diable,
Pas plus haut qu'un *chou-blanc*
     Sur son banc,
Qui, pour se mettre à table,
Demande un coussinet
     Et s'assied
     En face d'un flanc....
     En face d'un flanc....
L'appétit bel et franc.
Ah ! qu'il est court *(bis)*, le petit homme blanc !

Or, plus d'une Aspasie,
Au palais Florentin,
     Près du nain,
Savoure l'ambroisie,
Goûte aux mets délicats
     De tous plats.
     Il dit : « Je suis franc.... »
     Il dit « Je suis franc....
» Passez-moi votre flanc.... »
Qu'il a d'esprit *(bis)*, le petit homme blanc !

Il choisit pour son ombre
Un muet à demi,
     Noble ami !
Pourquoi chercher le nombre ?
La multiple amitié
     Fait pitié.

Tous deux sur le flanc....
Tous deux sur le flanc....
Sont ivres de leur rang.
Oh! qu'il est fin *(bis)*, le petit homme blanc!

Quand le couple préside,
Tenant le gouvernail
    Du travail;
C'est un discours splendide
Qui charme de sons creux
    Les oiseux :
    Chacun de son banc...
    Chacun de son banc....
Dit : « Bravo! qu'il est franc!
» Vite un bouquet *(bis)* au petit homme blanc! »

Si parfois il s'égare
A faire au quinze mai
    Un essai;
Esquivant la bagarre,
Il laisse son muet
    Au lacet.
    Il dit : « Moi, du sang!... »
    Il dit : « Moi, du sang!...
» Je suis vierge de sang.... »
Ah! qu'il est pur *(bis)*, le petit homme blanc!

LA FÊTE DE LA CONCORDE.

(4 MAI).

Air du Bastringue.

Grâce aux petits-fils de Brutus,
La concorde
Montre la corde :
Grâce aux petits-fils de Brutus,
On joint la dague à l'*oremus*.

Demain, du fastueux cortége,
Les nègres ont le privilége;
Le *noir* est l'indice du deuil,
Le sombre étendard du cercueil.

Grâce aux, etc.

Des parfums viendront à la suite
Jeter leur encens parasite :
Il faut au poison par trop vif [1]
Opposer un bon réactif.

Grâce aux, etc.

[1] On sait quelle odeur forte et désagréable accompagne le nègre.

Puis des bœufs la corne dorée
Nous ramène aux vieux temps de Rhée :
Tant mieux ; — nous aurons l'âge d'or :
Plus d'un Saturne existe encor !

Grâce aux , etc.

Nous verrons le catholicisme
Donnant la main aù paganisme ;
Fraternité ! — Les détenus
Marmotteront un brin d'*agnus* !

Grâce aux , etc.

Ces chers amis, gibier de geôle,
En février changent de rôle ;
De nos deniers mangent leur part,
Prêts à reconspirer plus tard.

Grâce aux , etc.

Cinq cents beautés vont, par brigades,
Lancer juste un millier d'œillades
A Pâris, berger dictateur,
Donnant cinq cents pommes d'honneur.

Grâce aux , etc.

De touchantes allégories
Attesteront les grands génies
Qui prodiguent l'or et l'encens
Sous la réserve du bon sens.

Grâce aux , etc.

Doux Février, que de conquêtes,
De chauds baisers, de jours de fêtes!
Clubs Girondins, clubs Montagnards,
Fraternisant au Champ de Mars!

Grâce aux, etc.

Cachant le ciel aux gais convives,
Que ce *velum* sur des solives
Ne soit, avec habileté,
Le voile de la Liberté!

Grâce aux, etc.

Cave dolum! — Gare aux poitrines!
Députés, le rapt des Sabines,
Malgré les plus sûrs pronostics,
Eut lieu pendant les jeux publics!

Grâce aux petits-fils de Brutus,
            La concorde
        Montre la corde :
Grâce aux petits-fils de Brutus,
On joint la dague à l'*oremus!*

L'ANAGRAMME.

Air : A soixante ans.

Lorsque du ciel la volonté suprême
Défait les nœuds que sa grâce a formés,
Qu'un vieux monarque, en proie à l'anathème,
Erre sans but, loin de ses dieux aimés,   *(Bis)*.
Dans le présent si je découvre un homme,
Soleil nouveau, rayonnant sur nos jours,   *(Bis)*.
L'avenir brille à mes yeux, s'il se nomme;
Dieu des Français, protégez-nous toujours! *(Bis)*.

Ce nom bientôt sous ma plume fait naître
De nos destins les pronostics épars;
C'est: Ordre nul ! Loi dure ! A chaque lettre,
C'est la patrie au courant des hasards.   *(Bis)*.
Sinistres mots de la muraille antique,
Prédisez-vous l'ère des mauvais jours?   *(Bis)*.
Un homme seul n'est pas la République;
Dieu des Français, protégez-nous toujours! *(Bis)*.

Ah! poursuivons, malgré tout, l'âme émue,
D'un froid labeur l'échec inattendu :
Est-ce un rayon qui va dorer la nue?
Est-ce un éclair? — Que vois-je? Roi rendu! *(Bis)*.
Eh quoi! tandis que, sur une humble barque,
Vous repoussez votre élu des trois jours,   *(Bis)*.
Républicains, vous changez de monarque!
Dieu des Français, protégez-nous toujours! *(Bis)*.

« Au moins cet homme est pour nous l'espérance ;
Travail, crédit, vont fleurir à jamais :
Il sera, lui, la force, l'existence,
La liberté, le bonheur et la paix ! » *(Bis).*
— Erreur ! son nom renferme un mot : RUINE !
Planant funèbre au seuil des mauvais jours ; *(Bis).*
O vous, que rien n'atteint et ne domine,
Dieu des Français, protégez-nous toujours ! *(Bis).*

LES RATELIERS NATIONAUX.

Air : Faut d'la vertu, pas trop n'en faut.

Assez comm' ça de pionnier,　　⎱ (Bis).
Mangeons, mangeons au ratelier !　⎰

Le déjeuner sonne et ressonne ;
La baveuse omelette au lard
Se refroidit, n'attend personne :
L'amende aux hommes en retard !

Assez comm' ça, etc.

Merci, nymphe de la cantine,
Votre fromage est des fameux :
Comme vous il a fraîche mine,
Comme lui vous avez des yeux.

Assez comm' ça, etc.

Versez l'attrayant petit verre ;
C'est du *Coignac nec plus ultrà :*
En fait de ça, jamais, ma chère,
Jamais l'Anglais ne régnera.

Assez comm' ça, etc.

Bon vin, bon tabac, bonne pipe,
Far niente sur le gazon,
Pour oreiller une tulipe,
Tous les plaisirs de la saison !

Assez comm' ça, etc.

L'herbe tendre fait le bon rêve ;
Or, nous rêvons qu'un grand esprit
Rêve un projet, bouillant de sève,
Où le rêveur voit le crédit.

Assez comm' ça, etc.

Plus de sommeil ! Aux tours d'adresse !
Puis au bouchon, puis au piquet !
La liberté de la paresse
En République le permet.

Assez comm' ça, etc.

Fumons le narghilé des princes,
Grimpons sur les chevaux de bois,
Faisons tous la nique aux provinces,
Nous qui sommes cent mille rois !

Assez comm' ça, etc.

Chut ! le dîner sonne et ressonne ;
A table ! à table ! Trêve aux jeux !
Que *la Marseillaise* résonne ;
Courons en chœur fêter nos dieux !

Assez comm' ça de pionnier,
Mangeons, mangeons au ratelier !

LES HOCHETS DE LA VANITÉ.

Air : Treille de sincérité.

« Militaires,
    » Légionnaires,
» Votre croix n'est, en vérité,
» Qu'un hochet de la vanité. »

Celui qui vous fit cette injure
A tort s'intitule *clément* :
A l'oubli c'est joindre un parjure,
C'est irriter plus d'un ferment.
Que voulez-vous ! Dans sa besace,
Il trouva, faute d'un passé,
Ce mot qu'il vous jette à la face ;
Ce mot fatal l'a terrassé !

« Militaires,
    » Légionnaires,
» Votre croix n'est, en vérité,
» Qu'un hochet de la vanité. »

Or, le titre qu'il vous oppose,
Sergent naïf, même incompris,
Est, grâce à la métempsycose,
Un grand général à Paris :
Ne demandez ses armoiries,
Février n'en reconnaît plus ;
Le blason gît aux gémonies ;
Mais il nous reste des Brutus !

« Militaires,
» Légionnaires,
» Votre croix n'est, en vérité,
» Qu'un hochet de la vanité. »

Nous savons qu'un grand capitaine
Vous a, de ses mains, décorés;
Que, de l'Espagne au Borysthène,
Vous brisiez les trônes dorés;
Qu'au sol brûlant des Pyramides,
Vos coursiers trouvaient mille appas:
La Gloire précédait vos guides;
Mais le sait-il, le gros Thomas?

« Militaires,
» Légionnaires,
» Votre croix n'est, en vérité,
» Qu'un hochet de la vanité. »

Nous savons que vos cicatrices
Vont se rouvrir à de tels coups;
Mais restez fiers des sacrifices
Que le pays reçut de vous.
Braves, gardez sur la poitrine
L étoile qu'y plaça l'honneur;
L'étranger, la voyant, s'incline;
Nous portons, nous, la main au cœur.

Militaires,
Légionnaires,
Votre croix n'est, en vérité,
Pas un hochet de vanité.

LE FRANC COMMUNISTE.

Air : La Catacoua.

Riche, vu le socialisme
Qui défend de rien posséder,
Je me fais chef du communisme
Et prétends vous exhéréder :
Je sais bien que cela vous choque,
Que vous direz : « C'est un abus! »
    Mais un de plus,
    Rien qu'un de plus,
Vous donnera la palme des vertus.
Si maint neveu de vous se moque,
Criez : « A bas! tous les Crésus! »

Je vais commencer par vous prendre
La clef de ce lourd coffre-fort :
Libre à vous de vous aller pendre,
Ou de choisir plus douce mort.
Mais la réflexion rend sage;
Vous conviendrez qu'un seul abus,
    Rien qu'un de plus,
    Vaut souvent plus
Que le martyre, orgueil de vos vertus :
Si maint banquier crie au pillage,
Criez : « A bas! tous les Crésus! »

Puis je visiterai la cave
Où languit un vieux Chambertin;
Que votre vin, las d'être esclave,
Brise ses fers chaque matin!
Je sablerai cette ambroisie,
A votre nez. — C'est un abus,
   Un doux abus,
   Rien qu'un de plus!
Dans ce nectar j'apprendrai vos vertus:
  Toute liqueur couvre une lie;
  Criez : « A bas! tous les Crésus! »

J'arrive au boudoir de madame :
Dieu! qu'elle est belle, quel trésor!
Or, la communauté réclame
Ce bien plus précieux que l'or.
Vous résistez à ce partage,
La part du Diable est un abus;
   Mais un de plus,
   Rien qu'un de plus,
Fera de vous le plus grand des.... élus.
  Tant de bonheur n'est qu'un servage;
  Criez : « A bas! tous les Crésus! »

Enfin, souffrez que je termine
Le grand œuvre de la raison,
Que d'ici je vous élimine;
Sortez, Monsieur, de ma maison!
Vous osez m'appeler Tartuffe,
Brigand, voleur.... — Trève d'abus!
   Je n'en veux plus,
   Je vous exclus;
De mon logis je chasse les intrus,
  A moi Bourgogne sur la truffe!
  A bas! à bas! tous les Crésus!

EN ICARIE !

Air : C'est l'amour, l'amour.

Gais lurons, partez, partez,
Courage !
Adieu ! bon voyage !
Pour des climats si vantés,
Icariens, partez !

L'ancre est à bord ; — déjà la voile
S'enfle au caprice du zéphir ;
Dans votre ciel brille une étoile,
Premier flambeau de l'avenir.
Les yeux sur la boussole,
Sachez vous distinguer ;
Le citoyen Eole
Vous fera bourlinguer.

Gais lurons, etc.

Voyez dans le flanc de la nue
Ces feux qui vont la sillonner ;
De payer votre bienvenue
L'instant fatal vient de sonner.
La main au bastingage,
Le pied ferme au roulis,
Ou changeant de voyage,
Vous irez voir Thétys.

Gais lurons, etc.

Mais ce n'est rien ; — plus de tempêtes,
.Vos visages rassérénés
Triompheront aux jours de fêtes
Que le tropique a ramenés.
    Votre joie est extrême
    A ces plaisirs si doux ;
    Puisse un second baptême
    Vous régénérer tous !

Gais lurons, etc.

L'apôtre a dit : « Voici la terre,
» La terre de fraternité ;
» Nouveau Colomb, je vous confère
» Un sol brûlant de liberté !
    » Voilà mon Icarie ,
    » Le prix d'un noble essor,
    » Où, grâce à mon génie ,
    » Va fleurir l'âge d'or ! »

Gais lurons, etc.

Mais quoi, le pied sur le rivage,
Que voyez-vous ? — Un vrai lion
Qui se fit roi par son courage,
Sans crainte d'abdication.
    De la belle Icarie
    Oserez-vous tâter ?
    Ce roi sans théorie
    Peut vous escamoter.

Gais lurons, etc.

Gaîment faites le tour du monde,
Vous reviendrez un jour au port :
Sachant trop bien qu'au bout de l'onde,
Le bonheur n'habite aucun bord.
    Convoiter l'impossible,
    Sous la foi d'un tribun,
    C'est tirer sur la cible
    Qu'on nomme *sens commun!*

Gais lurons, partez, partez,
    Courage!
    Adieu! bon voyage!
Pour des climats si vantés,
    Icariens, partez!

L'OMBRE DE NAPOLÉON.

Air De la Sentinelle.

Paris s'endort sous de limpides cieux,
La nuit répand ses gerbes de lumière;
C'est l'heure sainte où, de nos demi-dieux
L'ombre secoue un froid linceul de pierre.
 Venez, fantômes bien-aimés,
 Aux bords où fleurit la victoire :
 Par vous nos esprits ranimés   *(Bis).*
 Peuvent encor rêver la gloire.

Un nimbe d'or luit sur le monument
Où l'invalide est le fils de la France;
Le marbre éclate, et son résonnement
Semble escorter une ombre qui s'avance.
 « Français, dit-elle, en mon tombeau
 » Je tressaille au mot de victoire :
 » J'accours; mais un astre nouveau *(Bis).*
 » Doit éclairer nouvelle gloire.

» Plus de combats sous les glaces du nord,
» Plus de conflits aux bords riants du Tage,
» Paix au Danube, ou les rescifs du port
» Engloutiront la nef et l'équipage.
 » Que l'ordre, le travail, les arts
 » Soient le seul but de la victoire :
 » Ce dôme aura moins d'étendards; *(Bis).*
 » Mais vous aurez bien plus de gloire.

» Le temps n'est plus des folles vanités,
» Des passions, des cohortes guerrières;
» Le monde assiste à des solennités
» Où tout grandit sous le feu des lumières.
    » Forcez ainsi le genre humain
    » A proclamer votre victoire;
    » Le travail peut changer un nain   *(Bis)*.
    » En un géant riche de gloire. »

Elle a parlé, cette ombre du héros
Qui fit trembler l'univers sur sa base;
Soudain la dalle éteint ces derniers mots
Sous l'éclair vif dont la clarté l'embrase.
    Français, Napoléon n'est plus,
    Longwood a brisé sa victoire;
    Souvenez-vous de ses vertus,   *(Bis)*.
    Ne convoitez jamais sa gloire!

HYMNE GIRONDIN.

Air : Hymne phocéen, de MÉRY,

Musique de N. LOUIS.

Terre sainte de la patrie,
O Gironde, vois quel grand jour !
La Liberté, ta sœur chérie,
Rentre au foyer de son amour :
Accueille-la belle et sereine
Par l'attrait des plus doux penchants,
Puis, de ta voix républicaine,
Dis-lui ton âme par tes chants.

Accours, Liberté tutélaire;
Marche avec nous dans la carrière
Où l'on est fort par l'unité ;
Et tous les enfants de la France,
Fiers de tes lois, de ta puissance,
Crîront : « Vive la liberté! »

Honte aux funestes tyrannies,
Honte aux méchants, honte aux excès!
Gloire aux phalanges réunies
Pour le travail, l'ordre et la paix !
Montrez, banderolles flottantes,
Ces maximes dans l'univers;
Allez, — et nos voix éclatantes
Vous accompagnent sur les mers.

Accours, etc.

Peuples, du plus lointain rivage
Envoyez les riches produits :
Entrée au port, appareillage,
Girondins, nous aimons ces bruits.
Fraternisons par le commerce,
L'échange seul est un trésor;
Que sur la vague qui vous berce,
Marins, vous entendiez encor :

Accours, etc.

Pour nous, offrons à la patrie
L'effort soudain de tous nos cœurs;
Pour une mère si chérie
Soyons l'astre des jours meilleurs!
En vain menace la tempête,
Qu'importe un tonnerre lointain?
La foudre meurt, le Droit l'arrête
Au chant pieux du Girondin :

Accours, Liberté tutélaire,
Marche avec nous dans la carrière
Où l'on est fort par l'unité;
Et tous les enfants de la France,
Fiers de tes lois, de ta puissance,
Criront : « Vive la Liberté! »

LA PROPRIÉTÉ, C'EST LE VOL!

Air : J'ons un curé patriote.

Vous qui possédez fortune,
Biens légués par vos aïeux,
Sachez qu'il vient de la lune
Un peuple fort curieux :
Ce peuple, de bonne foi,
Dit à chacun : « Qu'as-tu, toi ?
      C'est un vol,
      Un grand vol,
Qu'hériter d'un coin du sol,
Et je t'occis pour un tel vol. »

Vous qui, sur les mers lointaines,
Avez enfin amassé
De doublons quelques centaines
Et revenez tout cassé ;
Arrêté devant l'octroi,
On vous dira : « Qu'as-tu, toi ?
      C'est un vol,
      Un grand vol,
Que cet or extrait du sol,
Et je t'occis pour un tel vol »

Pour vous qu'une main amie
Un jour de noces dota,
Qui croyez couler la vie
Près d'une épouse-Vesta,

Sachez que ce peuple-roi
Dit : « Cette femme est à toi?
   C'est un vol,
    Un grand vol;
Tu ne l'obtins que par dol,
Et je t'occis pour un tel vol.

Bref, jusqu'au mouchoir de poche,
Aux souliers, à ton tabac,
Ton nez, ta jambe qui cloche,
Ton beefteck et ton scubac,
Ta mère, ton cœur, ta foi,
Ton Dieu qui mourut pour toi,
   C'est un vol,
    Un grand vol,
Tout ne t'advint que par dol,
Et je t'occis toujours pour vol. »

Moi qui, ne pouvant mieux faire,
Rime de petits couplets,
Les place chez un libraire
En attendant les jaunets,
On va me dire : « Est-ce à toi,
Ce bagage en désarroi?
   C'est un vol,
    Un grand vol;
Tout esprit qui prend le vol
Doit être occis pour un tel vol. »

Mais je pense le contraire,
Et je réponds à ces fous :
Rentrez, rentrez dans l'ornière,
Charenton sera pour vous.
De la lune, croyez-moi,
L'influence vous fit roi;

C'est un vol,
Un grand vol,
On n'est plus roi que par dol,
Vite une douche pour ce vol! »

BERTRAND ET RATON

ou

LE MYSTÈRE DE LA SAINTE DUPLICITÉ.

Air : Ah! si Madame me voyait!

A nous deux nous ne faisons qu'un,
Tant l'un pour l'autre a sympathie :
Pour nous égale est la partie,
Il est tribun, je suis tribun.
Gloire ou malheur tout est commun;
Notre nom seul est dissemblable;
Deux monuments double fronton;
Leur base est une sous le sable,
Il est Bertrand, je suis Raton.

Si de notre société
De murmurer quelqu'un s'avise,
J'éventre aussitôt ma valise
Et j'en exhume un mot vanté,
Mystère de duplicité.
Ce mot, par mes soins, se déroule
Aux yeux éblouis du feston;
On m'admire, et j'entends la oule :
« Vive Bertrand! — vive Raton! »

Je fus poëte de la cour;
Mais, dit-on, la muse a des ailes,
Fuyant les amours éternelles :
J'ai donc nié le troubadour

Devant la déité du jour.
A d'autres le culte des rimes,
A moi la vertu de Caton :
Mon ami, nous serons sublimes;
Vive Bertrand! vive Raton!

Chacun sait qu'un méchant dossier,
Entortillé par ta parole,
Fit l'effet d'une parabole
Ou d'un fatras de bachelier
Eblouissant des clercs d'huissier.
Qu'importe, ami, qu'on te ravale?
Ton cœur et le mien sont, dit-on,
Cœur de Nisus, cœur d'Euryale :
Vive Bertrand! vive Raton!

Aussi, depuis l'affreux instant
Où le danger mina ta gloire,
Je quittai mon char de victoire
Pour devenir ton arc-boutant,
Ton avocat toujours luttant.
Unis comme l'orme et le lierre,
Sur nos chefs un fil de laiton,
Conspirons en paratonnerre.
Vive Bertrand! vive Raton!

Mais si la Parque méchamment
Rompait ce fil de l'existence,
Si, jumeaux par mainte espérance,
Déshérités du firmament,
Nos deux cœurs n'avaient plus d'aimant;
Tombons ensemble dans la lutte,
Mais, plus prudents que Phaéton,
Préparons-nous un parachute :
Vive Bertrand! vive Raton!

ÉGÉRIE.

Air : Je ne sais plus ce que je veux.

On dit que, tendre autant qu'affable,
Certain roi de l'antiquité,
Pour être au peuple favorable,
S'enquérait de la vérité :
Or, dans le bois où son génie
Errait, cherchant ce bien si doux,
Il trouva la belle Égérie,
Et ce bon roi fit des jaloux.

La nymphe, sous un chêne assise,
Lui révéla de bonnes lois,
Tandis qu'Amour, sous un cytise,
Mit une flèche à son carquois :
Il les ajuste, le trait vole;
Jupiter tonne, et Vénus en courroux
Sous un nuage les console,
Et ce bon roi fit des jaloux.

Depuis cette heure fortunée,
Rome puissante eut de beaux jours,
Bénissant l'heureux hyménée
De la sagesse et des amours.
Mais de Numa la nymphe aimée
Des Tarquins fuyait le courroux ;
Brutus l'aima, par renommée,
Tant le bon roi fit de jaloux.

La dryade devient bacchante,
Le fer en main, l'écume aux dents,
La gorge nue et palpitante
Sous le feu des regards ardents.
Son palais de mousse et d'argile
N'abrite plus de rendez-vous;
Mais le forum lui sert d'asile :
Le peuple-roi fait des jaloux.

Marius, Sylla devaient naître,
La prêtresse les inspirer.
L'un par le peuple se fit maître;
Que de sang pour le consacrer!
L'autre aux grands offrit son génie;
Egérie en dicte les coups :
Sous Tibère elle est Octavie;
Le vieux tyran fait des jaloux.

O France, comprends cette histoire!
Assez des nymphes de terreur
Dont le stylet cherche la gloire,
En appelant des jours d'horreur.
Que la Paix soit notre Égérie,
Féconde par l'amour de tous!
L'aimer, c'est aimer la patrie
Dont l'honneur seul fait des jaloux.

LA VEILLE ET LE LENDEMAIN.

Air : Préville et Taconnet.

Républicains réputés de la veille,
L'êtes-vous bien encor le lendemain ?
Je n'ose croire à si grande merveille,
Quand de vos faits j'ai les preuves en main. *(Bis)*.
Vous évoquez l'amour de la patrie
Et des Romains les antiques vertus ;
Que tant d'amour soit ou non rêverie,
Sauvez la France et ne conspirez plus !

La liberté que nous offrait la veille
N'est qu'un démon, horreur du lendemain :
Un drapeau rouge une face vermeille,
Un poignard nu, conseillers de la faim ! *(Bis)*.
Voilà pourtant la déité factice
Que vous montrez au sommet du talus :
Poussez du pied l'héroïne du vice,
Sauvez la France et ne conspirez plus !

La nôtre à nous, vierge pure et sans tache,
Chérit un dieu, croit en lui, croit en nous ;
Sa robe est blanche, et sa pudeur se cache
Comme une fleur loin des soleils jaloux. *(Bis)*.
L'humble rameau de la forêt prochaine,
L'étoile au front ; — voilà ses attributs :
Aimez cet ange, oubliez votre haine,
Sauvez la France et ne conspirez plus !

Régénérés, vous renîrez la veille
Et ses erreurs pour un doux lendemain.
Vous viendrez tous chuchoter à l'oreille
Des mots amis ; — nous vous tendrons la main,
Ah! de grand cœur, nous vous tendrons la main.
Vous livrerez vos comptes sur la table
Où la balance appelle vos vertus :
A tout pécheur un pardon véritable ;
Sauvez la France et ne conspirez plus.

POST-SCRIPTUM :

24 JUIN, MIDI.

(après lecture de la dépêche télégraphique.)

Ah! qu'ai-je appris? — Jacobins de la veille,
La barricade encore au lendemain!
Ingrats! pervers! l'humanité s'éveille :
Non, plus de grâce au faux républicain,
Dieu vous condamne au mépris souverain.
Nos vœux, nos cœurs, nos pieux sacrifices,
N'ont pu calmer vos sauvages vertus ;
Soyez maudits! — L'enfer est pour les vices:
Sortez de France et n'y paraissez plus !

LIVRE II.

DU 25 JUIN AU 9 SEPTEMBRE.

A LA FRANCE.

(25 juin.)

Air de Turenne.

Dans cent vingt jours de deuil et de souffrance,
Ils ont brisé l'axe ardent de ton char :
Leurs mains, leurs voix ont tué l'espérance,
Vendu l'honneur, comme on vend au bazar.
Que reste-t-il ? — L'opprobre, la misère,
Le discrédit, l'anarchie et la faim :
    Ils ont, le fusil dans la main,
    Lâchement égorgé leur mère.

Car la patrie est la mère commune,
C'est notre espoir, notre amour, notre orgueil :
Nous lui devons et génie et fortune,
Nos bras, nos cœurs, tout jusques au cercueil.
Aussi, jamais l'ingrat, qui se dit frère,
Ne sera-t-il un parricide en vain ;
    Sur lui, le fusil dans la main,
    Nous saurons venger notre mère.

Hélas ! pourquoi l'univers, dans sa marche,
Progresse-t-il, si ce n'est pour le bien ?
Où donc le fils ? — Où donc le patriarche ?
Où donc l'époux ? — Où donc le citoyen ?
L'humanité semble errer sur la terre,
Comme une folle, un serpent dans le sein ;
    Elle ose, un fusil dans la main,
    Lâchement tirer sur sa mère.

Elle s'assied sur la brûlante arène,
Où le pavé lui sert de piédestal :
Le sang rougit sa faux républicaine,
Sa voix entonne un air national.
Là se réduit votre vertu sévère,
Gens qui couvez un immortel levain ;
    Toujours un fusil dans la main,
    Pas un regard pour votre mère !

France, la coupe est-elle assez remplie ?
De vils bandits ont-ils assez souillé
Ta robe d'or au contact de leur lie ?
Forçats, voleurs, ont-ils assez pillé ?
Ah ! dans ces jours de discorde et de guerre,
Reconnais donc les bâtards de Caïn ;
    Ils ont voulu, fusil en main,
    Égorger le fils sur la mère.

Dieu de la paix, vrai Dieu de la patrie,
Inspire-nous dans ces moments cruels!
Des égarés apaise la furie,
Donne à leurs cœurs des regrets éternels!
Que l'ordre enfin succède à la misère;
Que le travail jette son gai refrain;
Que celui qui sème son grain,
En recueille un jour pour sa mère!

PARIS.

(24, 25, 26 JUIN.)

Air d'Aristippe.

Un cri vengeur excite à la bataille;
Un cri d'effroi partout s'est élevé!...
Le canon gronde et vomit la mitraille...
De toutes parts des corps sur le pavé!...
Quel souffle impur a corrompu ces âmes
Qui palpitaient pour la fraternité?
Pitié pour vous, pour vos fils, pour vos femmes,
Pour la patrie et pour la liberté!

Qui nous dira ces exécrables scènes?
Des émeutiers les forfaits inouis?
Ces chants redits par des femmes obscènes
En égorgeant les enfants de Paris?
Pauvres martyrs sur le seuil de la vie,
Votre couronne est l'immortalité;
Mânes pieux, l'œuvre s'est accomplie
Pour la patrie et pour la liberté!

Et vous soldats, généraux pleins de gloire,
Vous, citoyens, nos amis, nos vengeurs,
Vous vivrez tous, unis dans la mémoire
De l'univers, témoin de nos douleurs :
Clio pieuse inscrira sur la tombe
Qu'un ange indique à la postérité :
« Peuples, ci-gît tout Français qui succombe
» Pour la patrie et pour la liberté! »

Et toi, pasteur, qui cours aux barricades,
N'affronte pas ce talus forcené....
Mais un coup part! — Il vient des embuscades....
Le prélat tombe.... — Il est assassiné!!!...
Comme le Christ, tu meurs sur le Calvaire,
Ivre d'amour, de foi, de charité :
Va prier Dieu, noble saint, noble frère,
Pour la patrie et pour la liberté!

Fermant l'oreille à de mauvais génies,
Frappés du sang figé sur les chemins,
Ne comblez pas les ais des gémonies
Par le concours des ossements humains!
L'ivresse passe et l'homme se réveille;
Mais il pâlit à la réalité :
Il voit son crime, et comprend qu'un Dieu veille
Pour la patrie et pour la liberté.

REGRETS DE LA MUSE.

(28 et 29 JUIN.)

Air : Muse des bois.

C'en est donc fait : — aux maux de la patrie
J'assiste ému, mes bras sont impuissants !
Je vois l'opprobre, et mon cœur plein de vie
Est torturé de regrets incessants.
La France appelle aux armes ; — je demeure
Dans un fauteuil, impassible à la loi :
Des libertés est-ce la dernière heure ?
Pour quelques jours, mon Dieu, guérissez-moi !

J'ai défendu la sublime bannière
Qui, dix-huit ans, fut celle de la paix ;
Je défendrais, aux bouches d'un cratère,
Notre étendard, parce qu'il est français :
Ah ! qu'ai-je dit ? — Pourquoi des vœux stériles ?
Pourquoi parler d'une inutile foi ?
L'air retentit des discordes civiles ;
Pour quelques jours, mon Dieu, guérissez-moi !

Ils ont osé, ces groupes de sauvages,
Miner au cœur notre sol glorieux ;
Oui, quatre jours, lisant d'horribles pages,
Glacé d'effroi, je demandais nos dieux.
Ils sont venus ! — Fiers soldats de la France,
Fiers citoyens, vous défendiez la loi :
J'étais passif devant la délivrance ;
Pour quelques jours, mon Dieu, guérissez-moi !

J'aurai du moins des chants pour vos tristesses,
Français. — Ma voix, bien inhabile encor,
Exaltera vos luttes vengeresses,
Quitte à s'éteindre en un suprême essor.
Suivant la muse au tombeau descendue,
O mes amis, vous connaîtrez sa foi;....
Près de ce vœu, ma lyre est détendue :
« Pour mon pays, mon Dieu guérissez-moi! »

LES PUPILLES DE LA FRANCE.

Air · Valse des comédiens.

Pleurez, enfants, au tombeau de vos pères;
Veuves, pleurez d'héroïques époux;
Jonchez de fleurs ces gazons tumulaires;
La France en deuil y gémit avec vous.

Car ils bravaient, pour l'ordre et la patrie,
La balle immonde et l'acier des poignards;
Car ils voulaient, sans folle rêverie,
La République et non les Montagnards.

Paix à leur cendre! — Au sein du Dieu de grâce,
Ils vont prier pour vous, leurs bien-aimés,
Pour notre France, où chacun les remplace,
Comme un beau lys les lys inanimés.

En succombant sous les foudres civiles,
Ils vous léguaient tout un sang généreux :
Ce sang frémit sur les pavés dociles
Où les partis jettent l'or et les vœux.

Et malgré tout, comprimez votre haine,
Calmez vos cœurs tout prêts à déborder ;
Nous la chassons, cette race inhumaine,
Loin d'un soleil qu'elle osait regarder.

Laissez-les fuir par delà les tropiques,
Où le Chien brûle, où les nuits sont de feu :
Oubliez-les, ces fous des républiques,
Et ne vivez que pour la France et Dieu!

La France libre ouvre son cœur de mère
Aux orphelins qu'elle nomme ses fils :
Vous serez tous le bras qui régénère,
Vous serez l'âme où palpite un pays.

Pleurez, enfants, au tombeau de vos pères;
Veuves, pleurez d'héroïques époux ;
Jonchez de fleurs ces gazons tumulaires;
La France en deuil y gémit avec vous.

Vous défendrez le drapeau tricolore,
Triple rayon que la divinité
Pour vous, enfants, en juillet fit éclore
Des vieux débris des temps de liberté.

Vous renîrez l'infâme drapeau rouge,
L'affreux bonnet, la pique des anciens :
Vils attributs issus de quelque bouge
Où se débat le partage des biens.

Et vous, dont l'œil a versé tant de larmes
Sur vos malheurs, sur le malheur commun;
Vous qui perdez les amis de vos charmes,
Oh! devenez l'ange aimé de chacun!

Ce rôle est beau pour vous, ô tendres femmes!
Dieu vous écoute en vos élans pieux;
Rayonnez donc, comme de vives flammes,
Autour d'un peuple interrogeant les cieux.

L'arbre sacré, dont vous êtes la tige,
Croîtra sublime et constellé de fleurs;
Son ombre, un jour, chassera le vertige
Et de la paix doublera les douceurs.

Nous viendrons tous goûter à cet ombrage
Le calme pur des modernes bienfaits,
Et l'espérance, éclose après l'orage,
Au marbre ému confira nos regrets.

Pleurez, enfants, au tombeau de vos pères;
Veuves, pleurez d'héroïques époux;
Jonchez de fleurs ces gazons tumulaires;
La France en deuil y gémit avec vous.

L'ASTRONOME.

Air : Femmes voulez-vous éprouver?

— Bon astronome, dans le ciel
Dites, vous manque-t-il un astre?
Lisez-vous l'arrêt solennel,
Précurseur d'un nouveau désastre?
Tout dort au monde aérien,
A l'horizon plus aucun voile....

L'ASTRONOME.

Dieu vous entende, homme de bien!...
Protège-moi, ma bonne étoile!

— Mais vous dit-elle, observateur,
L'effet produit au nouveau monde
Par le décret convertisseur
Que vous avez lancé sur l'onde?
Le jeu sanglant des coutelas,
Fruit d'un complot qui se dévoile?...

L'ASTRONOME.

Je découvre tous ces damas!...
Protège-moi, ma bonne étoile!

— Vous laisse-t-elle apercevoir,
Du sein d'un horrible incendie,
Des familles le désespoir,
Des esclaves la perfidie?
Des blessés, échappés au feu,
Gagnant un navire à la voile?...

L'ASTRONOME.

Je vois des morts; — j'en fais l'aveu...
Protège-moi, ma bonne étoile !

— Voyez-vous ces noirs avinés
Dansant, ainsi que des sauvages,
Autour des membres calcinés
Gisant épars sur les rivages?
Cela se nomme : LIBERTÉ !
O pudeur, couvre-toi d'un voile !...

L'ASTRONOME.

J'espérais plus d'aménité....
Protège-moi, ma bonne étoile !

— Voyez-vous bien ce général
Passif devant la boucherie?
A défendre le *Fort-royal*,
Saint-Pierre, expose-t-il sa vie!
Non, — ses soldats ont l'arme au bras....
Sur l'honneur c'est jeter un voile !...

L'ASTRONOME.

Ne pas sembler faire un seul pas!...
Protège-moi, ma bonne étoile !

— Parlons de Paris, des faubourgs ;
Voyez-vous bien les barricades ?
Le guet-apens des carrefours,
L'horrible effet des fusillades ?
Ces femmes rouges, le sein nu,
Dont la cruauté se dévoile ?...

L'ASTRONOME.

Oui, le beau sexe est ingénu,.....
Protège-moi, ma bonne étoile !

— Regardez tomber ces héros,
Les beaux enfants de la Mobile ;
Fiers rejetons à peine éclos
D'un sol en courage fertile :
Ces anges courant aux blessés
Poser la charpie et la toile !...

L'ASTRONOME.

— Oui, ces anges sont très-pressés....
Protège-moi, ma bonne étoile !

AU JOUR DES FUNÉRAILLES.

(6 JUILLET.)

—

ROMANCE.

—

Air : Cloches du soir ; par Mme D. VALMORE,

Musique de N. LOUIS.

[vaire,
Tristes, recueillons-nous comme au pied d'un Cal-
Où coula pour chacun le noble sang d'un frère ;
C'est le vœu solennel des martyrs de la foi :
          « Viens à moi ! viens à moi ! »

Résonne, airain pieux, de ta voix argentine ;
Beaux enfants, effeuillez le buis et l'églantine ;
Filles, chantez ce chœur qui précède un convoi :
          « Viens à moi ! viens à moi ! »

Soleil, oiseaux, nature, échangez vos tristesses ;
La mort a répandu ses funèbres largesses,
Disant, victorieuse, à l'aide du beffroi :
          « Viens à moi ! viens à moi ! »

Saule, ami du tombeau, laisse couler tes larmes
Sur ces tertres foulés par la France en alarmes ;
Le dieu de paix a dit à l'homme imbu de foi :
          « Viens à moi ! viens à moi ! »

LES COUTEAUX A PAPIER.

Air : Tra, la.

Le couteau,
Le couteau,
C'est la réplique
Anarchique :
Toto, to,
Toto, to,
C'est le refrain du couteau.

Si d'un membre gangrené
Vous trouvant enfariné,
Vous réclamez, en tribun,
Le donjon pour l'importun,

Le couteau,
Le couteau,
C'est la réplique
Anarchique :
Toto, to,
Toto, to,
C'est le refrain du couteau.

Si, las d'un obscur falot,
Vous criez : « Plus de Carnot !
Un ministre du savoir
Et non pas un étouffoir ! »

Le couteau,
Le couteau,
C'est la réplique
Anarchique :
Toto, to,
Toto, to,
C'est le refrain du couteau.

Sévère pour le bandit
Qui vous met en interdit,
Vous provoquez une loi,
La Montagne est en émoi.

Le couteau,
Le couteau,
C'est la réplique
Anarchique :
Toto, to,
Toto, to,
C'est le refrain du couteau.

On dirait des écoliers
Conspirant, dans leurs quartiers,
Contre un pauvre professeur,
Complaisant souffre-douleur.

Le couteau,
Le couteau,
C'est la réplique
Anarchique :
Toto, to,
Toto, to,
C'est le refrain du couteau.

Vous qui comprimez les voix
Au bruit des couteaux de bois,
Songez que ce buis grossier,
Malgré vous devient acier !

Le couteau,
Le couteau,
C'est la réplique
Anarchique :
Toto, to,
Toto, to,
C'est le refrain du couteau.

Car pendant ce brouhaha,
Quand l'horrible émeute est là,
Qui frappe la France au cœur ?
Qui viole son honneur ?

Le couteau,   *(Bis.)*
C'est la réplique
Anarchique :
Toto, to,   *(Bis.)*
C'est le refrain du couteau.

N'agitez plus ce hochet,
C'est la tige d'un regret,
Un couteau d'iniquité
Qui tûrait la Liberté.

Le couteau,
Le couteau,
C'est la réplique
Anarchique :
Toto, to,
Toto, to,
C'est le refrain du couteau.

LA GUERRE A DIEU.

(PAR UN SOCIALISTE.)

Air : Eh! non, non, non, vous n'êtes pas Ninette.

Dieu! vous qui gouvernez
Ici-bas toutes choses,
Qui tous les ans donnez
Soleils, printemps et roses!
   Eh non! morbleu,
Mes paupières sont closes;
   Eh non! morbleu,
Vous n'êtes pas un Dieu.

Vous qui, comme un rayon,
Fortifiez nos âmes,
Y semez l'union
Pour nos enfants, nos femmes!
   Eh non! morbleu,
Je me ris de vos flammes;
   Eh non! morbleu,
Vous n'êtes pas un Dieu.

Vous qui du malheureux
Soutenez l'espérance,
Quand, de ses humbles vœux,
Il demande assistance!
   Eh non! morbleu,
Je ne vois que souffrance,
   Eh non! morbleu,
Vous n'êtes pas un Dieu.

Vous dites : « Aimez-vous,
» Tous les hommes sont frères! »
Quand nous sommes des fous
Qui ne nous aimons guères.
　　Eh non! morbleu,
Si l'on met aux galères,
　　Eh non! morbleu,
Vous n'êtes pas un Dieu.

Vous dites : « Aide-toi;
» Le ciel te vient en aide. »
Quand nous avons pour loi :
« Malheur à qui possède! »
　　Eh non! morbleu,
Travailler nous excède;
　　Eh non! morbleu,
Vous n'êtes pas un Dieu.

Eh quoi! d'un verre d'eau
Vous commandez l'aumône!
L'aumône est un fardeau;
Que l'on s'abreuve au Rhône!
　　Eh non! morbleu,
Cela se dit au prône;
　　Eh non! morbleu,
Vous n'êtes pas un Dieu.

Dieu! — Chacun dit ce nom
Béni par l'infortune;
Moi, je brise un chaînon;
Car un Dieu m'importune.
　　Eh non! morbleu,
Mon livre est ma tribune;
　　Eh non! morbleu,
Vous n'êtes pas un Dieu.

LES BARRICADES.

Air : Vive le vin de Ramponneau.

La barricade, c'est un fort
Dans la rue
Trop nue;
Là le plus faible devient fort
Et frappe ferme ou bien s'endort
Mort.

Non, plus de rois,
Ni de lois,
De nobles, de bourgeois,
Ni de gens de la veille ;
De lendemain
Puritain,
Guerre à mort au prochain,
Et nous ferons merveille !

La barricade, c'est un fort
Dans la rue
Trop nue ;
Là le plus faible devient fort
Et frappe ferme ou bien s'endort
Mort.

Des vieux écus
Des ventrus
Supprimons les abus,
En garnissant nos poches :

Aux dépouillés
Étrillés
Nous dirons : — « Fusillés ! »
Pour les moindres reproches.

La barricade, c'est un fort
Dans la rue
Trop nue ;
Là le plus faible devient fort
Et frappe ferme ou bien s'endort
Mort.

Les cuisiniers,
Cordonniers,
Quelques avocassiers
Seront de bons ministres :
Chacun fera,
Larira,
Tout ce qu'il lui plaira,
Sur le tombeau des cuistres.

La barricade, c'est un fort
Dans la rue
Trop nue ;
Là le plus faible devient fort
Et frappe ferme ou bien s'endort
Mort.

Pour conquérir
Ce plaisir,
Manger, boire et dormir,
Au doux chant des Syrènes,
Sus ! dépêchons
Et plaçons
Pour solides moëllons
Des pavés par centaines.

La barricade, c'est un fort
Dans la rue
Trop nue;
Là le plus faible devient fort
Et frappe ferme ou bien s'endort
Mort.

Chars de Plutus,
Omnibus,
Surmontés de Vénus
Tenant des banderolles,
Lits et brancarts,
Pour remparts
Aux fusils montagnards;
Voilà nos vrais symboles!

La barricade, c'est un fort
Dans la rue
Trop nue;
Là le plus faible devient fort
Et frappe ferme ou bien s'endort
Mort.

Tableaux, crochets,
Chevalets,
Portes ou tabourets
Casés pour meurtrières;
Caissons, trumeaux,
Soliveaux
Disposés en créneaux;
Voilà nos canardières!

La barricade, c'est un fort
Dans la rue
Trop nue;

Là le plus faible devient fort
Et frappe ferme ou bien s'endort
Mort.

Vous, tirailleurs,
Nos vengeurs,
Occupez les hauteurs
Des toits ou des fenêtres;
Soit officier,
Soit coursier,
Abattez le gibier;
Visez même les prêtres.

La barricade, c'est un fort
Dans la rue
Trop nue;
Là le plus faible devient fort
Et frappe ferme ou bien s'endort
Mort.

Ma foi, tant pis,
Si surpris,
Tous chassés de Paris,
Vous décampez sur l'onde :
C'est fort beau jeu;
Car l'enjeu
Peut être un coup de feu
Reçu pour l'autre monde.

La barricade, c'est un fort
Dans la rue
Trop nue;
Là le plus faible devient fort
Et frappe ferme ou bien s'endort
Mort.

CHATEAUBRIANT.

Air : Musc des bois.

Il n'est donc plus, ce dieu de l'harmonie !
O temps cruel, ton arrêt est fatal :
Permets au moins que l'arbre du génie
Malgré la mort porte un jet triomphal !
Permets aussi que la douleur timide
Inscrive, aux lieux où l'homme dort en paix,
Ces quelques mots d'une espérance avide :
« Châteaubriant, sois l'ange des Français ! »

Il est couché sous la plage bretonne
Où dut s'ouvrir une immortalité,
Devant ces flots dont la vague résonne
Sous le doigt fort de la divinité :
Oh ! que de fois il brava leurs orages.
L'œil sur les cieux, à travers les agrès ;
Mais il songeait à de plus grands naufrages !
Châteaubriant, sois l'ange des Français !

Soit qu'une étoile en Orient conduise
Vers le sépulcre où fut le roi des rois,
Poète, il rêve une terre promise,
Ou les débris des vengeurs de la croix ;
Soit qu'aux forêts de la jeune Amérique
Il dise un nom qu'il n'oublia jamais,
Son cœur est tout à la chose publique.
Châteaubriant, sois l'ange des Français !

Soit que debout, devant la monarchie,
Il aimât Dieu, l'homme et la liberté;
Malgré les fous, les tribuns, l'anarchie
Dont le drapeau dormait ensanglanté;
Soit que vieillard, dans sa douce retraite
Il se souvînt de quelques jours mauvais,
Il comprit tout, la gloire ou la défaite.
Châteaubriant, sois l'ange des Français!

Rocs du *Grand-Bé*, formez le promontoire
Que l'étranger salue avec respect!
Dès aujourd'hui, vous naissez pour l'histoire,
Pour notre orgueil qui parle à votre aspect.
Élevez-vous, comme le phare immense
Qui doit guider les peuples désormais;
Éclairez-les, étoile d'espérance :
Châteaubriant, sois l'ange des Français!

UN *TIERS*

QUI COMPTE SANS *L'AUTRE.*

Air : La bonne aventure.

Locataires et fermiers,
　　Voici des nouvelles!
Nous faisons des bons rentiers
　　Bouillir les cervelles :
Vos loyers vont, de ce pas,
Baisser d'un tiers plein d'appas;
Vous ne vous en doutiez pas :
　　Tirons les ficelles!

Rognant les locations
　　Pour vos escarcelles,
De quinze cents millions
　　A vous les parcelles!
Puis, quand le tour sera fait,
Nous d'mand'rons d'un air douillet :
« Un nouveau tiers, s'il vous plaît! »
　　Voilà mes ficelles.

Cinq neuvièmes seulement
　　Sont des bagatelles;
Nous aurons le complément
　　Avec nos libelles.
Un jour, quand tout sera pris,
Qu'tous les rentiers seront fris,
Nous chanterons dans Paris :
　　« Vivent les ficelles! »

Nous prendrons dans leurs palais
   Des poses nouvelles,
En leur livrant, *sans rabais*,
   Les chambres moins belles :
Voyez-vous les pans de nez
De ces bourgeois ruinés,
Comme des rois détrônés
   Par maintes ficelles!

Vous viendrez au nom d'amour,
   Sylphides-modèles,
Boire, danser nuit et jour
   Comme des Giselles :
Le Champagne sec fait : *vlan!*
Deux tendres baisers : *pan, pan!*
La cachucha : *ra, ta, plan!*
   Coupons les ficelles!

Mais qu'entends-je? — On dit qu'un Thiers
   Nous en fait voir d'belles;
Qu'il écrase notre tiers
   De foudres cruelles.
C'en est donc fait, — j'suis tondu,
Hué, sifflé, confondu :
Ah! quand on a tout perdu,
   On s'pend aux ficelles!

LE BIEN D'UN ROI.

Air : Halte—là, la garde royale est là !

Le comité des finances
L'autre jour était saisi
De certaines exigences
D'un député cramoisi :
« Happez les biens de Philippe,
» Vendez. — Malheur au proscrit ! »
— « Tudieu ! Monsieur, quel principe ! »
Dit le bureau tout contrit ;
  « Halte–là !   *(Bis)*.
» La France loyale est là. »

— « Mais c'était l'état des choses,
» Bien avant quatre-vingt neuf, »
Fit l'homme aux métamorphoses,
« Je n'invente rien de neuf. »
« Oh ! chacun vous croit sans peine, »
Dit le bureau souriant ;
« Mais l'exil narguait la haine
» Et l'échafaud le néant ;
  » Halte–là !   *(Bis)*.
» La France loyale est là. »

— « De tout cela je me moque,
» Comme d'un Napoléon,
» Qui, pour garder sa défroque,
» Singea le caméléon. »

— « C'est en parler fort à l'aise,
» Avocat, fit le bureau;
» De sa loi, ne vous déplaise,
» Illustre fut le berceau ;
    » Halte-là !   *(Bis)*.
» La France loyale est là. »

« Sachez aussi, jeune Iule,
» Qu'en dix-huit cent trente-deux,
» L'exilé, par un droit scrupule,
» Obtint des votes nombreux. »
—» Il est parti, pour ses *crimes*,
» Donc tout son bien est à nous. »
— « Les temps, qui font les victimes,
» Ne guérissent pas les fous !
    » Halte-là !   *(Bis)*.
» La France loyale est là. »

O France républicaine,
Voudrais-tu donc te souiller
Des écumes que la haine
Distille sur l'oreiller?
En fait d'honneur et de gloire,
La reine de l'univers
Doit travailler pour l'histoire,
Disant aux esprits pervers :
    « Halte-là !   *(Bis)*.
» La France loyale est là. »

LES SECRETS.

Air : J'étais bon chasseur autrefois.

On dit qu'un vieux nègre muet,
Valet du docteur Struensée[1],
Eut vent d'un assez bon secret
Et l'enferma dans sa pensée.
Quand fut jugé le favori,
Le muet parla ; — perfidie !
L'amour dut payer au jury
Le secret de la comédie.

On dit qu'un certain Sigismond,
L'inventeur de certain concile,
Fit partir Jean Hus d'un seul bond,
Sous la foi d'un écrit habile :
Mais le pauvre homme confiant
Comprit bientôt la perfidie ;
L'affreux bûcher simplifiant
Le secret de la comédie.

On dit que ce lion galant,
Botte molle et moustache blonde,
Rosé, tendre, bête, insolent,
N'est qu'un fœtus naguère immonde :

[1] Premier ministre de Christian VII, roi de Danemarck. —
Il fut exécuté pour avoir eu (d'après son propre aveu), des
liaisons intimes avec la reine Mathilde.

Février ouvrit sa prison,
Mai cimenta sa perfidie;
On déchiffre dans son blason
Le secret de la comédie.

On dit que des anges d'amour,
Lassés d'un trop fade commerce,
Ont composé nouvelle cour
Où de splendeurs chacun les berce.
Au rêve succède un réveil
Cent fois taxé de perfidie;
Car il dévoile, en plein soleil,
Le secret de la comédie.

On dit qu'un homme, un écrivain
Fut mis au secret des coupables;
Que la France demande en vain
Le mot de rigueurs incroyables.
A-t-il, à jour fixe, parlé
Des complots, de la perfidie?
Ou bien aurait-il révélé
Le secret de la comédie?

LA CHANDELLE ET LES PAPILLONS.

Air : Treille de sincérité.

Vous viendrez tous à la chandelle
Brûler, par légers bataillons,
    Votre aile,
  Petits papillons.   } *(Bis)*.

Il est beau de quitter l'ornière,
D'affronter l'orbe du soleil,
Ou de guider dans la carrière
Un monde entier à son réveil :
Mais Icare, aux ailes de cire,
Mais Phaéton, deux imprudents,
Sont des exemples du martyre
Qu'infligent des rayons ardents.

Vous viendrez tous à la chandelle
Brûler, par légers bataillons,
    Votre aile,
  Petits papillons.   } *(Bis)*.

Ah ! vous traitez cela de fable !
J'en conviens, le fait est douteux ;
Mais la leçon est implacable
Pour le flot des ambitieux :
Qui du pouvoir cherche la nue
Doit prouver d'immenses talents,
Ou le ridicule le tue
Sous un vieux mot : *Les importants !*

Vous viendrez tous à la chandelle
Brûler, par légers bataillons,
        Votre aile,   } *(Bis)*.
    Petits papillons.   }

Vous avez cru, gens de la veille,
En conspirant, apprendre tout;
La victoire vous émerveille;
Mais combien sont encor debout?
C'est prodige, qu'une couronne
S'effeuille avec moins de regrets,
Et se disperse avant l'automne,
Au plus beau jour de ses succès!

Vous viendrez tous à la chandelle,
Brûler, par légers bataillons,
        Votre aile,   } *(Bis)*.
    Petits papillons.   }

Voyez : — Déjà du sein des villes,
Un accord simple, harmonieux,
Vous nommant fous ou malhabiles,
Repousse et vos bras et vos vœux :
Fils des romains, c'est un présage
Que les poulets n'indiquent plus;
Croyez plutôt au vieil adage :
« Mille appelés, mais peu d'élus! »

Vous viendrez tous à la chandelle
Brûler, par légers bataillons,
        Votre aile,   } *(Bis)*.
    Petits papillons.   }

Le tour viendra des vastes gloires,
De ces tournois resplendissants

Où le génie a ses victoires,
Où le savoir fait les puissants :
De ces chères métamorphoses
Hâtez vous-mêmes le retour,
En livrant le sceptre et les choses
Aux seuls républicains *du jour*.

Vous viendrez tous à la chandelle
Brûler, par légers bataillons,
   Votre aile,   } *(Bis.)*
  Petits papillons.

REVUE ÉPICURIENNE.

Air : Aussitôt que la lumière.

Aussitôt que je m'attable,
Mes yeux dévorent les mets
Jusqu'au moment délectable
Où ma dent les sent de près.
Que m'importe le tonnerre,
Que me font les ennemis?
Je ne connais que mon verre
Arrosant de fins rôtis.

Mais, l'autre jour, il m'arrive,
A froid, l'œil clos à demi,
D'observer chaque convive
Au souper qu'offre un ami :
Quels singuliers personnages,
Venant de je ne sais où;
De plus singuliers langages,
Argot sentant le verrou!

Je commenc' par ma voisine,
Dents blanches, minois friand,
Petit démon qui lutine
Son voisin, commis marchand.
— « Nous faisons d' la politique, »
Prétend l'enfant de Vénus,
« Un traité clair, sympathique,
Comme Enfantin n'en fait plus. »

« Moi, dit une face blème,
Avec un air *dégommé*,
J' suis l'ennemi par système
De tout pouvoir proclamé.
Non, plus d'or, d'argent, de cuivre
Pour rétablir le crédit;
Prenons ce qu'il faut pour vivre
Où nous pousse l'appétit. »

« Mon bien est à tout le monde,
Beugle un courtaud, verre en main,
Car à la brune, à la blonde
J'ai donné mon saint-frusquin :
Dans le banquet réformiste
J'ai fondu mes derniers sous,
Et me fais socialiste
Pour partager avec vous. »

« Quand j'ai bien bu, dit un autre,
J' fais des balles à pivot :
Ça vous abat un apôtre
Et l'endort, mieux qu'un pavot;
Ou si ça n' fait qu'un' blessure,
Comme à certains généraux,
Le jour vient d' la sépulture,
Grâce aux procédés nouveaux. »

« Vivent la mer, les voyages!
S'écrie un ex-boulanger,
J'vas préparer mes bagages,
Tant j'ai soif de déloger.
J' prîrai le conseil de guerre,
Pour me sortir du pétrin,
D' m'envoyer en Angleterre,
Où rage le vieux Tarquin. »

Voilà, parbleu, des convives
Bien étranges, sur ma foi;
Des fous, diseurs d'invectives,
Des pervers bravant la loi!
Mon dieu, que ce vin m'enivre
Et me déverse l'oubli;
Je veux dormir ou ne vivre
Que dans un monde embelli.

LE SERMENT D'ANNIBAL.

Air : Le Roi d'Yvetot.

Il était un Carthaginois,
   Célèbre dans l'histoire,
Qui connut pour premières lois
   Deux mots: *Haine* et *victoire*.
Haine aux Romains, — vaincre toujours,
Ou bien trancher de ses beaux jours
     Le cours!
Oh! oh! oh! oh! ah! ah! ah! ah!
Quel Carthaginois c'était là!
     La, la.

On dit qu'il existe chez nous
   Un homme aussi célèbre,
Qu'il a juré la haine à tous
   En un serment funèbre.
« Je veux, nous dit-il, votre bien. »
Palsambleu, nous le savons bien,
     Païen.
Oh! oh! oh! oh! ah! ah! ah! ah!
Quel brave ami nous avons là!
     La, la.

Il va, déclamant sur les toits :
   « A bas, la monarchie! »
Puis fait cent quinze mille rois
   D'une plèbe affranchie.

Quand *un* déjà c'était beaucoup,
Qui s'attendait à ce beau coup
     D'un fou?
Oh! oh! oh! oh! ah! ah! ah! ah!
Quel apôtre nous avons là!
     La, la.

Comment vaincre son ennemi,
    Son ennemi le riche?   •
Un peu de Saint-Barthélemy
    Remplirait sa bourriche;
Mais à ce jeu qui veut du sang,
Qui le tente n'est sur son banc
     Pas blanc.
Oh! oh! oh! oh! ah! ah! ah! ah!
Quel Charles-Neuf nous avons là!
     La, la.

Au jour du triomphe, un beau char
    Le traîne dans la boue:
Sa chute l'arrache au nectar,
    Aux plaisirs de Capoue.
La haine est un mauvais levier,
Qui donne au fougueux *cordelier*
     Geôlier.
Oh! oh! oh! oh! ah! ah! ah! ah!
Le socialisme en est là!
     La, la.

Pour peu que dans ses quatre murs
    Il singe le grand homme,
Il boira des poisons impurs
    En place de rogomme.
Zama, Scipion l'africain

Ne manqueront à ton destin,
Faquin.
Oh! oh! oh! oh! ah! ah! ah! ah!
Quel Annibal nous avons là!
La, la.

UNE SOIRÉE AUX OISEAUX.

Air : Boira qui voudra, larirette,
Paîra qui pourra, larira.

M. Camusard, marchand de la rue St-Denis et officier dans la garde nationale, rentre en son logis vers les deux heures du matin.

Après un baiser sur le front de Mme Camusard, l'honnête bourgeois lui dit, ou lui chante :

« Ecoute, femme adorée,
Premier flambeau de mes jours,
Le récit d'une soirée
Dont je m' souviendrai toujours.

Du rêve enchanté, larirette,
De cett' nuit d'été, larira,
La franche gaîté
M'a transporté,
Délecté,
Dilaté,
Ma poulette.
Oui, monsieur Marra, larirette,
Enfonc' l'opéra, larira.

Que de gerbes de lumières
Brillant sur des habits d'or,
De perles toutes princières
Tremblant d'un premier essor !

Du rêve enchanté, larirette,
De cett' nuit d'été, larira,
   La franche gaîté
    M'a transporté,
     Délecté,
     Dilaté,
    Ma poulette.
Oui, monsieur Marra, larirette,
Enfonc' l'opéra, larira.

   Et puis des fleurs, des merveilles,
   Des laquais tout galonnés,
   Gants blancs et faces vermeilles,
   De leur grandeur étonnés!

Du rêve enchanté, larirette,
De cett'nuit d'été, larira,
   La franche gaîté
    M'a transporté,
     Délecté,
     Dilaté,
    Ma poulette.
Oui, monsieur Marra, larirette,
Enfonc' l'opéra, larira.

   C'était dans toute parole
   Un tact, un goût épuré!
   On voyait que le Pactole
   Par là s'était égaré.

Du rêve enchanté, larirette,
De cett'nuit d'été, larira,
   La franche gaîté
    M'a transporté,
     Délecté,
     Dilaté,

Ma poulette.
Oui, monsieur Marra, larirette,
Enfonc' l'opéra, larira.

C'était une courtoisie,
Un délicat abandon,
Relevés par d' l'ambroisie
Et des filets de dindon!

Du rêve enchanté, larirette,
De cett'nuit d'été, larira,
La franche gaîté
M'a transporté,
Délecté,
Dilaté,
Ma poulette.
Oui, monsieur Marra, larirette,
Enfonc' l'opéra, larira.

Ces chérubins de Mobiles
Faisant la guerre aux sorbets,
Plus joyeux, non moins agiles,
Qu'au jeu sanglant des mousquets.

Du rêve enchanté, larirette,
De cett'nuit d'été, larira,
La franche gaîté
M'a transporté,
Délecté,
Dilaté,
Ma poulette.
Oui, monsieur Marra, larirette,
Enfonc' l'opéra, larira.

Des Montagnards dont la moue
Trahit le vœu transalpin,

Nous envoyant à Mantoue
Par simple amour du prochain.

Du rêve enchanté, larirette,
De cett'nuit d'été, larira,
   La franche gaîté
    M'a transporté,
     Délecté,
     Dilaté,
    Ma poulette.
Oui, monsieur Marra, larirette,
Enfonc' l'opéra, larira.

   Des gaillards, à triste mine,
   Murmurant : *Bauchard! Bauchard!*
   De plus gais, à la sourdine,
   Répondant : *Plus tard! plus tard!*

Du rêve enchanté, larirette,
De cett'nuit d'été, larira,
   La franche gaîté,
    M'a transporté,
     Délecté,
     Dilaté,
    Ma poulette.
Oui, monsieur Marra, larirette,
Enfonc' l'opéra, larira.

   Tout cela parmi des roses
   Embaumant de noirs cheveux;
   Des femmes, beautés écloses
   Sous un soleil langoureux!

Du rêve enchanté, larirette,
De cett'nuit d'été, larira,
   La franche gaîté
    M'a transporté,

Délecté,
Dilaté,
Ma poulette,
Oui, monsieur Marra, larirette,
Enfonc' l'opéra, larira.

D'autres me lançant la foudre,
Comm'jadis aux anciens preux....;

(Geste de Mme Camusard).

Rassur'toi; — c'était d'la poudre
Que je reçus dans les yeux.

Du rêve enchanté, larirette,
De cett'nuit d'été, larira,
La franche gaîté
M'a transporté,
Délecté,
Dilaté,
Ma poulette.
Oui, monsieur Marra, larirette,
Enfonc' l'opéra, larira.

Disons bas que, dans la foule,
J'ai rencontré, sans mentir,
Des cramoisis dont la boule
A besoin de se remplir.

Du rêve enchanté, larirette,
De cett'nuit d'été, larira,
La franche gaîté
M'a transporté,
Délecté,
Dilaté,
Ma poulette,
Oui, monsieur Marra, larirette,
Enfonc' l'opéra, larira.

N'importe; — et malgré l'enquête,
Il pleuvait des vins exquis;
J'en ai trop bu pour ma tête;
Un coup de plus, j'étais gris.

Du rêve enchanté, larirette,
De cett'nuit d'été, larira,
   La franche gaîté
     M'a transporté,
      Délecté,
      Dilaté,
      Ma poulette.
Oui, monsieur Marra, larirette,
Enfonc' l'opéra, larira.

Je reviens à toi, ma belle,
Enchanté du président;
C'est un *gentleman*-modèle,
Un *satisfait* transcendant.

Du rêve enchanté, larirette,
De cett'nuit d'été, larira,
   La franche gaîté
     M'a transporté,
      Délecté,
      Dilaté,
      Ma poulette.
Oui, monsieur Marra, larirette,
Enfonc' l'opéra, larira.

La preuve en est que sa droite
M'a pressé fort galamment,
Sans crainte que l'on exploite
Cette amitié méchamment.

Du rêve enchanté, larirette,
De cett'nuit d'été, larira,

La franche gaîté
  M'a transporté,
    Délecté,
    Dilaté,
  Ma poulette.
Oui, monsieur Marra, larirette,
Enfonc' l'opéra, larira. »

FIAT LUX !

Air : Le Dieu des bonnes gens.

Horloge sainte, une heure est attendue,
De ton marteau vont résonner les coups :
La Vérité sur la margelle est nue,
Prête à juger les cruels et les fous.
Rayons ardents, déchirez les ténèbres ;
Voiles impurs, tombez sous un aveu ;
Vous qui brûlez de passions funèbres,
      Paraissez devant Dieu !

L'instant n'est plus d'étouffer la lumière
Sous le rideau de l'ambiguité ;
Un souffle immense enlèverait de terre
Tout ennemi d'une franche clarté.
Le peuple veut, qui dit peuple dit France,
Que vous veniez, par un sincère aveu,
Ou détourner ou subir la sentence :
      Paraissez devant Dieu !

Saurait-il vivre un merveilleux empire
Où des serpents le venin continu
Va, court, s'élance, infiltre le délire
Et tue enfin d'un ravage inconnu ?
Non ! l'œuvre est grande ; aussi grand le remède !
Spectres menteurs, croulez, sous un aveu,
Devant celui qui suit et qui précède :
      Paraissez devant Dieu !

Vous qui semblez, dans votre foi sauvage,
Le renier, disant : « *Dieu, c'est le mal,* »
Contemplez donc les périls, le naufrage,
Osez lutter contre un écueil fatal.
Que votre cœur garde ou brise sa chaîne,
Votre âme parle ; — il en tombe un aveu :
Vous qui prêchez et le crime et la haine,
    Paraissez devant Dieu !

Assez des feux des torches insensées !
(La France meurt à ces embrasements :)
Elle a perdu la fleur de ses pensées
Au cri de mort de vos *égarements.*
Mais la voilà cette heure impitoyable
Où nous voulons un solennel aveu :
Droit et lumière ! —Homme ingrat ou coupable,
    Paraissez devant Dieu !

UN CHOIX DIFFICILE.

Air : C'est un lanla, landerirette.

Plusieurs *amis politiques*,
Au Luxembourg[1], nous dit-on,
Lançaient d'amères critiques
Sur l'un d'eux, nouveau Caton :
On osa, prétend la presse,
Lui témoigner ce désir :
« Eh! lon, lan, la; — la chose presse,
» Dépêchons-nous, il faut mourir. »

Surprise de ce brave homme
Ouvrant des yeux hébêtés;
Lui, qui comptait sur la pomme
Fruit des palais enchantés.
Mais on redit la maxime
Que l'amitié daigne offrir :
« Eh! lon, lan, la; — tu sais ton crime,
» Dépêchons-nous, il faut mourir. »

« Par exquise complaisance,
Dit une bouche de miel,
» Nous laissons à ta prudence
» L'heureux choix du coup mortel :

[1] Déposition de Chenu relative à M. de la Hodde, confir-
mée par la lettre saisie à Angers. *(Pièces de l'enquête)*.

» Veux–tu *passer* en voiture?
» Ce moyen fait peu souffrir.
» Eh! lon, lan, la; — pas de murmure,
» Dépêchons-nous, il faut mourir. »

« Bon! dit une voix farouche,
» Tu préfères l'arsenic;
» Voilà! prends-en plein ta bouche,
» C'est trépasser *dans le chic :*
» Socrate ne fit grimace
» Quand il but son élixir;
» Eh! lon, lan, la; — le coup de grâce!
» Dépêchons-nous, il faut mourir. »

« Je vois, reprend un troisième,
» Monsieur veut du pistolet.
» Bravo! c'est un bon système,
» Voici les miens au complet.
» Un seul doigt sur la détente,
» Et vous filez sans soupir,.....
» Eh! lon, lan, la; — ce jeu m'enchante;
» Dépêchons-nous, il faut mourir. »

Soudain, à ce club cynique,
Maître au palais florentin,
L'accusé fait une nique
Et s'enfuit comme un lutin.
Le choix était difficile,
Chacun dut en convenir.
Eh! lon, lan, la; — l'offre était vile :
« Dépêchons-nous, il faut mourir! »

COULEUR DE ROSE.

Air : Il est toujours le même.

Voyez celui qui, pendant que l'on glose,
Voit tout en beau;
Dont le bouillant cerveau
Crée un projet nouveau,
Et tout joyeux se pose:
Maître d'un avenir
Qu'il croit déjà saisir,
Il dit : Bravo! — Tout est couleur de rose!

Mais une épine est après chaque chose,
Il est blessé :
De l'orgueil offensé
Un second trait lancé
Dit et l'homme et sa cause :
Ce n'était qu'un ingrat,
Il devient scélérat
Et dit : Bravo! — Tout est couleur de rose!

Il jure haine à toute porte close,
Au possesseur,
Au mari de sa sœur,
Au Dieu qu'aima son cœur,
Il rêve apothéose :
De vertus dépouillé,
Les vices l'ont souillé,
N'importe, il dit : — Tout est couleur de rose!

Jusqu'au moment où le mot de sa cause
Est découvert ;
Le comparse, qui sert
Dans l'infernal concert,
Ou menace ou dépose :
Adieu, rêve menteur ;
Le bagne à l'égorgeur
Qui nous disait : Tout est couleur de rose !

LE TOUR DE LA PAILLASSE [1].

Air : Amis, dépouillons nos pommiers.

« Nous somm' tous de bien grands nigauds ;
   Nous effrayons la ville
Par des placards pour les badauds,
   Par maint complot stérile :
      Vu nos avort'ments,
      Louons des log'ments
Bourrés d'paille par masse ;
      Puis nous chauff'rons l' four
      Pour c' Paris d'amour :
Viv' *le tour de paillasse !* »

———

Air : Le Dieu des bonnes gens.

Ainsi disaient ces ennemis farouches
De toute loi, de tout pouvoir sacré :
Ces mots cruels, sédiment de leurs bouches,
Jetaient l'effroi dans Paris attéré.
Vous qui menez des enfants en lisière,
Dites-leur bien : « Aimez pour consoler ! »
Ils défendront et la France et leur mère,
      Au lieu de les brûler.

[1] Interrogatoire de M. Panisse. *(Pièces de l'enquête)*.

LES OISEAUX ENVOLÉS.

Air : Tout le long, le long de la rivière.

Avant-z-hier soir, en soupant,
De not' paroisse le serpent
S'mit à me conter une histoire;
C'est si fort qu' j'ose à peine y croire.
— « La veill', tout le villag' traquait
» Deux fins merles en leur retrait;
» Or, mon voisin, nous fîmes fausse route. »
«Quoi! tous à la fois? — Vrai, je n'y comprends goutte,
» Doux serpent, vrai, je n'y comprends goutte. »

« Le fait est très-clair cependant :
» Ces merl's au babil impudent
» Sifflaient tant de refrains obscènes,
» Qu'il fallut battre les garennes.
» Or, tous les deux étaient blottis
» Dans un angle obscur du taillis;
» Là notre adjoint leur envoie une croûte. »
«Quoi, pas un lacet? — Vrai, je n'y comprends goutte,
» Doux serpent, vrai, je n'y comprends goutte. »

« Ils becquettent notre crouton
» Pendant tout un jour, me dit-on;
» Puis nous ressifflent de plus belle
» La nuit, la lune étant nouvelle.
» V'là qu'on s'dit : Nous r'viendrons demain
» Achever ce grand coup de main :

» De son logis chacun reprend la route. »
«Quoi! sans les pincer!—Vrai, je n'y comprends goutte,
» Doux serpent, vrai, je n'y comprends goutte.»

» Voisin, nous touchons au plus beau :
» Nous les r'lançons donc de nouveau ;
» Mais pas plus d'merles que de beurre,
» C'tte poursuit' là n'était qu'un leurre.
» A qui leur saisira le flanc,
» Moi je promets un merle blanc;
» Ils sont allés piper de la choucroute. »
«Quoi! sous votre nez?—Vrai, je n'y comprends goutte,
» Doux serpent, vrai, je n'y comprends goutte. »

AUX PROVINCIAUX.

Air : La farira dondaine, gai!

A Paris courez,
Amis des merveilles;
C'est là qu' vous verrez
Des chos' sans pareilles.
   Bon !
La farira dondaine,
   Gai!
La farira dondé.

Des gens vertueux,
Des commis honnêtes,
Des maris heureux,
De doux clubs, des fêtes !
   Bon !
La farira dondaine,
   Gai !·
La farira dondé.

Plus un seul Crésus;
Des propriétaires
Privés des écus
De leurs locataires !
   Bon !
La farira dondaine,
   Gai !
La farira dondé.

Mais l'égalité
Devant la misère;
Plus la liberté
De savoir se taire!
   Bon!
La farira dondaine,
   Gai!
La farira dondé.

D'excellents journaux,
Exempts de critique,
Comptant les anneaux
D'la chaîne publique!
   Bon!
La farira dondaine,
   Gai!
La farira dondé.

Enfin l' plus fameux,
L' phénomèn' des bêtes,
Avec rien qu' deux yeux,
L'homme aux cinq cents têtes!
   Bon!
La farira dondaine,
   Gai!
La farira dondé.

C'est plus fort, conv'nez,
Que l' canich' Cerbère,
Lequel eut trois nez
Et Typhon pour père!
   Bon!
La farira dondaine,
   Gai!
La farira dondé.

Paris de nos cœurs,
Fais-nous en voir d' belles,
De tout' les couleurs ;
Nous bais'rons tes s'melles.
 Bon !
La farira dondaine,
  Gai !
La farira dondé.

C'est qu'il est si doux,
Que c' bon télégraphe
Nous dis' : Signez-vous,
J' port' votre épitaphe !
 Bon !
La farira dondaine,
  Gai !
La farira dondé.

Ou que ses deux bras
Nous demand' des sommes,
Quand nous n' savons pas
Trop ce que nous sommes !
 Bon !
La farira dondaine,
  Gai !
La farira dondé.

Ainsi donc, courez,
A c' pays d' merveilles,
C'est là qu'vous verrez
Ces chos' sans pareilles.
 Bon !
La farira dondaine,
  Gai !
La farira dondé.

LA LIBERTÉ DE LA PRESSE

ou

LA PRESSE DE LA LIBERTÉ.

Air : Mes yeux disent tout le contraire.

Vive le temps de liberté !
Tout vous est permis, incrédules ;
Pensez avec impunité,
Ecrivez sans peur des férules :
Notre programme évidemment
N'a qu'un but, celui de vous plaire ;
Nos bouches en font le serment....,
— Nos yeux vous disent le contraire.

Raillez les grands, sifflez les sots,
Cherchez parmi nous les sept sages,
Lancez vos pétards, vos brûlots
Sur nos vertus, sur nos ménages :
La presse est comme un sacrement,
Un des premiers bonheurs sur terre ;
Nos bouches en font le serment....,
— Nos yeux vous disent le contraire.

Parlez des vivants ou des morts,
Regrettez les drapeaux antiques ;
Qu'importe ? — Il est beau d'être forts
Devant l'éclat des polémiques.
Nous aimons ce discernement
Qui glorifie un adversaire ;

Nos bouches en font le serment....,
— Nos yeux vous disent le contraire.

France, avant tout la vérité
Par la liberté de la presse!
La presse de la liberté
Serait un piége sans adresse :
Plus d'entraves, de châtiment
Pour l'écrivain qui nous éclaire;
Nos bouches en font le serment....,
— Nos yeux vous disent le contraire

GRANDEUR ET DÉCADENCE D'UN NÉO–ROMAIN.

I.

AVANT.

Air : Gai, gai, marions-nous !

Gai, gai, monsieur Ledru
  Escamote,
  Crie, ergote ;
Gai, gai, monsieur Ledru
  Par' la botte ;
  Qui l'eût cru ?

Par amour du genre humain,
Et pour sauver la patrie,
Il fait preuve de génie
Dans l'essai d'un coup de main.

  Gai, gai, etc.

Le coup, peut-être hardi,
Réussit et fait merveille ;
Don César dresse l'oreille,
L' nez au vent, l' coude arrondi.

  Gai, gai, etc.

Sa voix prend un timbre sec ;
Ses gants frais sont petit-jaune ;

Jamais on ne vit béjaune
Gazouiller d'un plus doux bec.

Gai, gai, etc.

Astre de l'intérieur,
Couronné de satellites,
Il réchauffe les mérites
D'un peuple-roi-dictateur.

Gai, gai, etc.

Aussi que d' tendres bienfaits,
De baisers, de bonnes places !
Tous les bateleurs de places
Ne forment plus de souhaits.

Gai, gai, etc.

Geôliers, ouvrez les guichets,
Portiers, les portes cochères,
Cochers, vasistas, portières;
Nymphes, prenez vos stylets !

Gai, gai, etc.

Pour la France le bonheur !
Non, plus d'impôts vexatoires;
Mais des impôts transitoires
Sucrés par le *Moniteur !*

Gai, gai, etc.

Seize petits bulletins,
Gros de petites menaces,
Narguant les petites faces
Des bourgeois, p'tits souverains !

6*

Gai , gai , etc.

Vive Amour, Gloire et Bacchus !
Familiers de ma cuisine,
Toujours bon vin, bonne mine
Chez un vrai fils de Comus !

Gai, gai, etc.

* * *

II.

APRÈS.

—

LE CI—DEVANT.

Air : Quel désespoir !

Ah ! quel malheur !
Quand la partie était si belle !
Ah ! quel malheur !
Je vais en mourir de douleur.

La tenir en tutelle,
L'aimer, l'aimer.... pour moi,
Et perdre l'infidèle
Dont j'étais quasi-roi !

Ah ! quel malheur !
Quand la partie était si belle !
Ah ! quel malheur !
Je dois en mourir de douleur.

UN PHILOSOPHE.

Air du pot de fleurs.

Enfant gâté par la victoire,
Vous déclamez contre le sort;
Quand réussir fait notre gloire,
Lorsque tomber nous donne tort.
Le Capitole est-il une merveille,
Le but secret de tout orgueil humain?
Soyez gaîment zéro du lendemain,
Si vous fûtes héros la veille!

UN RÉVOQUÉ *(très-vexé).*

Air des frères de lait.

Vit-on jamais si peu d'intelligence?
Ne rien prévoir; — compter sur l'avenir!
Ah! c'en est fait de notre pauvre France;
Dans mes foyers je retourne gémir,
Mon noble cœur aurait trop à souffrir.

LE PHILOSOPHE *(avec mépris).*

Allez, allez, champion bénévole
Dans un tournoi terni par la faveur :
Rentrez sous terre en brisant votre idole;
L'ingratitude est le sceau du malheur!

UN MARIN.

Air : Passez vot' chemin, beau sire.

Exilé sur les rivages
Où la tempête mugit,
Il advint qu'il entendit
Le bruit sinistre des naufrages ;
Il s'élance sur la mer
Pour combattre l'incendie
Dont le pourpris de l'éther
Lui révèle la furie.
Honneur, honneur au pays
Qui te donna la naissance,
Oui, la naissance !
— C'est un de tes fils, ô France,
C'est un de tes fils.

Désespoir ! Un vaisseau brûle
Et quatre cents malheureux,
Calcinés de mille feux,
Mourront avec le crépuscule :
Non pas ; — voici du secours :
Quel est ce hardi jeune homme ?
C'est un marin dont les jours
Sont à vous, sans qu'il se nomme.
Honneur, honneur à jamais
A l'ange de délivrance,
De délivrance !
— Tu le reconnais, ô France,
Tu le reconnais.

Accouru sur ce théâtre
Beau de ravage et d'horreur,
L'Anglais tend sa main, son cœur
A ce marin qu'on idolâtre.
　Mais le navire étranger
　Eclate, croule en l'abîme,
　Tandis qu'un esquif léger
　Ravit son fardeau sublime.
　Vogue, modèle d'honneur,
　Trouve en toi ta récompense,
　　Ta récompense!
— Tu vis sa valeur, ô France,
　　Tu vis sa valeur.

　Doux abord sur ce rivage
　Que nul n'osait espérer!
　« Viens, qu'on puisse l'admirer,
» Notre sauveur, ton beau visage!
　» Comment! le danger n'est plus,
　» Et tu repousses la joie,
　» Tu dérobes tes vertus
　» Aux pleurs que le ciel envoie?
　» Honneur, honneur au pays
　» Qui te donna la naissance,
　　» Oui, la naissance!
» — C'est un de tes fils, ô France,
　　» C'est un de tes fils. »

　C'est par vertu qu'il se voile
　Aux tendres épanchements,
　Et qu'en ses premiers moments
Il peint ce drame sur la toile :
　« Vendez ce petit tableau,
　» Ecrit-il, pour les victimes. »
　Charité sers de joyau

Aux dévoûments magnanimes !
Gloire à toi, marin zélé,
Que ton cœur te récompense,
Te récompense !
— Gloire à l'exilé de France,
Gloire à l'exilé !

COUPLET.- ÉPILOGUE.

Air : T'en souviens-tu?

Nous voici donc à la première étape ;
Arrêtons-nous, Muse ; — un peu de sommeil
Rétablira, par ordre d'Esculape,
L'ardent effort d'une course au soleil.
Puisse un doux rêve apporter à mon être
D'un seul bravo le charme caressant ;
Puisse au réveil, entrant par ma fenêtre,
La Liberté sourire en m'embrassant !

FIN

TABLE.

—

LIVRE II.

www.ingramcontent.com/pod-product-compliance
Lightning Source LLC
Chambersburg PA
CBHW051553280626
47162CB00022B/2178